U0068388

奶與茶的一次偶然

蘇榮超——著

語言之外的孤單
——蘇榮超詩集《奶與茶的一次偶然》裡的疾病詩

/秀實（香港）

　　讀畢蘇榮超詩集《奶與茶的一次偶然》時，是五月的一個清晨。四時三刻我在夢裡醒來，夢卻遺落遍地。欄外天空，黝暗中漸見薄光。在螢幕上讀這一位陌生詩人的詩稿，不覺天色發亮。綠化樹有鳥聲傳來，牠們說著雜亂卻親切的話語。白天怏怏不樂，黑夜撫平之；黑夜黯然銷魂，清晨卻澄明如鏡。生命逆旅的斷捨離，讓人嗟嘆無奈。翻讀一卷真摯而優良的詩冊，就如走在一個樹叢中，葉子一直飄落你的髮梢肩膊，你卻不會把它們掃落地上。悉索一路，直至身影隱沒在叢林中。

　　我到了充滿煙火味道的港島東鰂魚涌片區的「金仔」茶餐廳點了歐陸早餐。品嘗十足「奶與茶的一次偶遇」的港式味道。榮超生於香港，卻耽擱在千島之國。這令人為之惋惜。因為一個優秀詩人，就這麼逃離香港詩壇。但詩歌豈有欄柵，如今我們仍然偶遇了。

　　榮超的書寫不乏香港的題材。近百年，香港是一個無

法雷同的城市，這於詩人來說，是有利的。但香港又是一個流動的城市，這於詩人來說，卻是不利的。香港詩歌，大略而言，均欠缺來自土地的「熱度」。過客視香港為橋樑，掘金者視香港為礦山。兩者均把這個城市看作「暫留地」，這是一個時代的現象。奧地利詩人里爾克（Rainer Maria Rilke, 1875-1926）的「所有的人都生活在異鄉，所有的故鄉都杳無人跡」。或者，這正正是香港詩人的處境。

香港是個國際城市，九十年代出現了大躍進，經濟發達，人口暴增。城市人是如何活下來的！印度詩人泰戈爾（Rabindranath Tagore, 1861-1941）說：「是一場以寡敵眾的戰爭」。龐大無形的制度對決孤單無助的個體。這便是現實的殘酷。但詩人又說：「群眾是殘忍的，但個人是善良的。」這便是現實所留下的希望。詩人，即便是在黑暗中尋找那希望之光的人。這些詩裡的善，於「天災人禍」的書寫中尤其明顯可見。而類似這些題材，我的書寫中便極少觸及。

2020年初發生的全球性新冠肺炎是天災。瘟疫肆虐，封城閉關，人們寸步難行。回首不覺已一年有餘。「疫症」成為年度的熱搜詞。「疾病詩」也悄悄成了詩中一個新興品類。疫情詩選大行其道。古詩中寫疾病的，最為人熟知的是晚唐李商隱的〈寄令狐郎中〉：「嵩雲秦樹久離

居，雙鯉迢迢一紙書。休問梁園舊賓客，茂陵秋雨病相如。」但寫病詩最多的恐怕是大詩人杜甫，我記得這樣的句子：「肺枯渴太甚，漂泊公孫城」，顛沛流離又頑疾纏身，真苦不堪言。臺灣詩人岩上最後一本詩集《詩病田園花》，當中「輯二」的十七首作品，全部寫病。蘇榮超詩卷中，疾病詩共六首，涉及的疾病有以下六種：「風濕」「五十肩」「感冒」「飛蚊症」「拔牙」「失眠」。除了「風濕」外，其餘的我不幸都染上。故而讀起來倍有共鳴。疾病詩可以歸入自傷之作，詩人嗟嘆窮愁命蹇，顧影自憐。六首病詩的形式統計如後：

〈風濕〉一節7行
〈五十肩〉一節37行
〈感冒〉兩節9-9共18行
〈飛蚊症〉兩章4-2/6共12行
〈拔牙〉三節2-3-2共7行
〈失眠〉兩節5-5共10行

　　生命中「生老病死」四大歷程，詩歌於「死亡」的書寫最多，而於「疾病」的書寫最少。為了略作引證，我拿來1991年上海辭書出版社的《新詩鑑賞辭典》來瀏覽。

這逾千頁共錄入五百三十首詩作，始於民初胡適而終於臺灣向明（後二，最終是李琦）的鉅著，當中竟無一首疾病詩。詩人如何看待「病」，也即是如何看待生命。風濕病纏擾詩人已多年，病發時患處紅腫，困擾不堪。其苦楚的根源在「脊椎間盤的第三節骨骼。詩人與病魔的長久對峙中，悟到生存的一種哲理：所謂生命，必得讓天使與魔鬼共存。（醫學的說法是，人必得與病毒共存）故而詩末有「一往情深」的說法。〈風濕〉雖短，架疊三層，如一條編織精緻的小手帕，既工整又注重針黹細節。

相較而言，〈五十肩〉是一首長詩。而且一節順勢而下。詩人在頓挫的述說中包含了對存在的一種嘲諷、揶揄、戲謔、抵抗等的不同態度。詩便即從自我調侃開始：

知天命和
知慢性無菌炎症
基本上是兩回事

人活到五十，對命包括對自己身體的瞭解有幾多！緊接著詩人便提出了對疾病的懷疑，認為是「乏理之說」。五十肩當然不硬指五十歲，醫學上叫「沾黏性肩關節囊炎」。這是「學術語言」。民間的叫法往往有其文化底

蘊，意指人活到五十，身體不中用啦，肩膊壞了還怎能承擔生活重擔。這便是「生活語言」予詩歌創作的寶貴泉源。詩人的責任是，如何把生活語言轉化為「詩歌語言」，成就藝術。患者只要臂不過肩，睡眠時不側臥，即為對疾病的謙讓，而不浮躁驕縱（第13-14行），它還是可以出現兩軍對峙的短暫和平。只是若痛苦來襲，其情可憫：

　　罪魁從肩至膀一路遊走於
　　山水城牆內外
　　沿居庸關至嘉峪關周圍

　　疾病的痛楚如破關（節）而下，確是苦不堪言。但疾病還得應對，其法是以柔克剛。詩末記下了詩人悲慘的戰後檢討：「溫婉之必要／柔順之必要」。此詩極為精彩，混合了醫學、歷史、文學等不同語言，是「英雄最怕病來磨」的生命嗟嘆。這絕對是一首堪可傳世的佳作。也是榮超詩歌之高地所在。
　　感冒為風土病，人皆有之。嚴重的感冒有頭痛欲裂、四肢酸楚、流涕噴嚏、劇烈咳嗽等症狀。治療的方法是多憩息慢動作。〈感冒〉一詩均娓娓道來。當中詩句「斷斷續續侵蝕著絕版／軀殼」，其精警若此。飛蚊症為病卻不

帶來任何痛楚，只是讓人眼界有陰影，造成煩擾。這已足夠讓詩人可以浪漫的書寫。其一與其二如後：

> 沒有翅膀的飛翔／不管如何晃動／就是逃不開／逐漸老去的視野
> 隨手捻熄夜空中／那顆喧囂的星／剩下不滅的／陰影／依然在心頭／飄蕩

　　如此優美動人的句子，若不是題目〈飛蚊症〉刻意遺下了鎖鑰，讀者萬料不到這是對疾病的書寫。詩題成了開啟之門。詩人妙手鋪排，成就語言的巧妙。而對某些小病，我們也只能善於共存。

　　醫學上把身體的痛苦分為十二級，牙痛居於最高之列。壞到神經腺的牙齒，只有拔除，同歸於盡。〈拔牙〉三節，首節寫「拔之進行」，「黯然的星」喻被蛀而薰黑了的壞牙。黯淡無光的星，宜移出三十二顆星子的星座圖中。次節寫「拔後」，有孤寂陷入黑洞般的感覺。末節寫「拔既之牙」，因痛而迫於割捨，星座圖從此不完整，遺憾自是不免。詩簡凝，暗中鋪排，欲言而又止，真頗似「牙齒丟了」後的吞吐之言：

摘掉夜空中
那顆黯然的星

不見蔽月的光芒
映照孤寂
黑洞裡全是淚水的錯

落下的隕石已終止枯萎
遺憾卻不知多少

　　我曾有短文談過俄國詩人丘特切夫（1803-1873）的
兩首「失眠詩」（見〈詩與失眠〉，刊《臺客詩刊》第24
期，2021.5）。榮超這篇〈失眠〉，不作纏綿之語，一頓
一行中利落乾脆。第一節末行的「舊愛」，我偏向以本義
解讀，即昔日的愛人。末節構想奇特，因相思而失眠，因
失眠而無夢，因無夢而滿腹心事。這是一種往復循環的失
眠狀態，如我這種長期失眠的人，讀下自是深有同感。末
節書寫真是維肖維妙：

相思
無情的拍打著地板

而夢

是唯一奢華物

滿腹的心事買不起

「疾病詩」的書寫建立在「以醜為美」的詩歌美學基礎上。德國詩人貝恩（Gottfried Benn, 1886-1956）是一位醫生。他的〈夫妻經過癌病房〉便把這種醜惡美學淋漓盡致的發揮出來。癌症是現代人永遠揮之不去的夢魘，此詩七節各三行。且看第三與第六節其醜如何：

過來，看看胸口上這道瘢痕，

你摸到了嗎，那軟瘤周圍桃紅色的環？

鎮靜地摸過去。肉是軟的而且不痛。

仍將少量給食。他們的背部

都睡爛了。你瞧瞧這些蒼蠅。有時

護士給他們洗洗。就像擦洗板櫈。

舉這首詩的原因是和榮超的作對照。疾病詩的書寫因其主客體之不同而截然分為兩種：寄主與旁觀者。而後者常見以疾病為喻，寫病只是手法，終點是詩人所劍指的黑

暗面。此詩的第二節便給出了暗示,「過去誰不曾景仰它偉大,／誰不曾為它而陶醉稱它為祖國」。這種疾病詩與榮超的不同,感懷與自傷,路徑各殊,風光自是有異。

　　疾病詩只是蘇榮超《奶與茶的一次偶然》詩集中的一小部分。疫情肆虐,其情其狀讓人觸目驚心。今讀詩集中的這些疾病詩,讓我深陷其中。我感到詩歌與時代的共同呼息。詩人阿拉貢(Aragon, 1901-1992)說過:「詩歌是人類存在的唯一實證。」(轉引自《我不是來演講的》,加西亞‧馬爾克斯著,李靜譯。廣東:南海出版社,2012年)愈紛亂的世代,詩愈見重要。

　　香港奶茶的特色是:茶葉以女性絲襪盛載,以沸騰之水反覆多次沖泡而成。與詩集同名詩〈奶與茶的一次偶然〉寫香港地道飲品「奶茶」。詩人如此詠歎:「驚豔始於感受／而非顏值／歷經幾代／磨合／終須有一次／非理性的碰撞／從此改革了孤單深層次的定義」。寫奶茶,其實也是詩人的詩觀:詩非詞語的亮麗組合而為令人悚然而驚的內蘊。但這種內蘊的成就並不是一蹴即就,而是詩人與文字長久的磨合,在偶爾的情況下產生出來,其直截每個人內心的孤單。詩無邏輯,非理性。所有的疾病詩其核心無不是書寫生命的孤單。而,真正的孤單卻都佇立在所有言語之外,而每個真正的詩人都在嘗試以語言來靠近。

我可以說，這是一首與「孤單」距離最近的白話詩。

　　榮超詩作，大略而言，充滿了閭巷煙火味道，具有濃厚的生活氣息。是文字的深沉，是生命燃成灰燼的餘溫。古希臘時代，亞里士多德在其《詩學》中說：「詩是天資聰穎者或瘋迷者的產物」。榮超之作，說不上天縱英才，一卷帙之酬唱，讓我深刻感到他在詩海中的沉溺，在題材的選擇中，更有一種執拗的堅持。法國象徵派詩人蘭波（Arthur Rimbaud, 1854-1891）說：「邏輯和說教從不叫人信服，夜晚的潮濕更深地潛入我的靈魂。」榮超深諳其味，寫下這一卷優秀篇章。可喜可賀！

（2021/6/1夜9:45香港婕樓）

秀實，「婕詩派」創始人。獲頒羅馬尼亞東方國際學院士銜。香港詩歌協會會長，《圓桌詩刊》《流派詩刊》主編。出任世界華文作家交流協會詩學顧問，廣州外語外貿大學創意寫作班導師，香港中文大學專業學院寫作班導師，香港藝術發展局文委會審批員，廣東省文化傳播學會南方詩歌文化研究專業委員會顧問。曾獲「新北市文學獎新詩獎」「香港大學中文系新詩教學獎」「絲綢之路國際詩歌藝術金獎」等多個獎項。著有詩集、散文集、小說集、評論集凡三十餘種。

大隱於市，隱於市井的詩人

熙熙

　　今年過年的時候，榮超一通微信，說因為對緝熙雅集的一份感情，想請我為他將出版的詩集寫篇序。

　　因為緝熙雅集的緣故，我好像沒有辦法拒絕。隔著太平洋，從那天起，我平白成了欠債人，寢食難安。

　　八十年代，因為方塊字，把來自台灣香港大陸和土生土長於馬尼拉的幾個朋友因緣巧合地圈在一起。我們都是緝熙雅集成員，大都十幾二十歲，常在聯合日報報社附近，華人區咖啡館或我家聚會，分享台灣當代的一些書和詩集；鄭愁予、席慕容、敻虹、洛夫、三毛、柏楊、余光中、張曉風都是我們仰慕的作家。

　　我們每個月在菲律賓聯合日報借版刊登一整版習作，有時候自掏腰包辦一些藝文活動。物以類聚，雅集有一種美好溫暖的歸屬感，給我們一個互相激勵的環境。每次相聚，每每捨不得散場；輕憂閒愁的歲月，我們曾經一起走過。

　　那時候的榮超，話總是很少，嘴角一抹靦腆的微笑；

他和我同一年代十三四歲時從香港移居馬尼拉，同是香港蘇浙小學校友；他小我一兩歲，在我心中就像一個小老弟。我們都在唸大學，大家都很愛看金庸，他喜歡寫些有關武俠世界的雜文，而他那幾個狷狂不羈的死黨如鄭承偉，蔡銘倒是寫詩。

那時，不管我們怎麼胡鬧，他總是一副隔岸觀火的老實樣。我心想，這個人，以後怎麼會追女朋友？

九零年我婚後到台灣定居，雅集成員也陸續成家，大伙為家庭事業兩忙，雅集也就停刊了。

到我從台灣回流到馬尼拉，二十多年倏然已過。

榮超是雅集朋友中少數還在菲華文藝界用心筆耕的人。他算晚婚，不知怎樣終於娶到一個秀外慧中、年輕又美麗的老婆，有了一個聰慧可愛的小女兒。他一點都沒有變，還是那副老實相，只是頭髮開始有點花白，我們都是哀樂中年人了。

有一次，我有事到他店裡找他，他的店，在巴閣市場巷弄裡，是那種很舊式的米店，他像隱於市井，身懷絕技的龍門客棧掌櫃，坐在昏暗的櫃枱後，冷眼看著菲律賓小老百姓在市場裡熙熙攘攘。

他可以寫「豆花的無奈」，寫「法外殺戮」寫得入木三分；這人間的浮世繪，或許是他靈感的泉源。

追溯九零年代他出版的詩文集《都市情緣》，到大部分發表在菲律賓世界日報文藝專欄結集而成的散文集《遺失》；從少年到中年，從懷鄉到認同，他的作品可以代表我們這一代從香港移民菲律賓的鄉愁、文化和心聲。

　　三十年來，從雜文、散文、小小說到現代詩，榮超漸進式的把自己從主觀的散文世界抽離，更沉穩客觀的把自己隱身於自由無垠的新詩世界。

　　近年，他的詩常令我刮目相看。

　　如〈喝一個人的咖啡〉寫的心情，冷眼看世間，不如意，貧困究竟是名詞還是形容詞？

〈喝一個人的咖啡〉

這一帶除了上班族和學生／還住著許許多多的不如意／貧困經常叩門／都被守衛阻擋／不加糖的咖啡／一杯或兩杯同樣煽情／不加憐憫／一個人或者兩個人喝／同樣有淚／／
半截陽光斜照在／多褶痕的玻璃門上／溫度和時光始終被拒收／陪伴我寒暄的／那陣風／有呈現衰敗的態勢

不加糖的咖啡，不加憐憫一個人或者兩個人喝，同樣
有淚。陪伴作者的只有喧嘩世界外那無情的冷風。

又如〈奶與茶的一次偶然〉說的是奶與茶，令人聯想
的是不同的族類，要經過幾代的磨合？碰撞？一切一切，
都始於感受，始於偶然的，非理性的碰撞啊！

筆輕句短，意味深長，是詩，是語言最起碼的張力。

〈奶與茶的一次偶然〉

驚豔始於感受
而非顏值
歷經幾代
磨合
終須有一次
非理性的碰撞

從此改革了孤單深層次的定義

在主題的發展上，榮超從個人的情感抒發，如喧鬧中
的寂寞，現實的虛無到關懷社會，取材於時事新聞，與時
並進；這是他的歷練和成長，也是他個人的人生紀事，我

喜歡他懷念李惠秀老師的〈或者，您仍在〉

在仲夏疲憊的午後
走過一些回憶
一些不曾丟失的往事
我帶著詩的原稿
那是我們無法遺忘的
和您殷殷絮絮的情懷
走在陽光悠閒的路上

行人擦肩在喧囂的車陣裡
影子不斷追逐
繁華未曾落盡的夢
傳奇中的季節
還有那座憂慮的城市

曾經，我以落寞寫詩
時間以溫柔和善變待我
而此際，您在不遠的未知
我的思念彷如一截失落的詩句
飄忽在茫然人間

向晚軟柔的風
　　那麼輕盈
　　拂過我靜謐的想望
　　或者，您仍在
　　在仲夏疲憊的午後

　　寫情寫景寫實，身不由己的現實，閒淡之中，回憶、思念，都只如一截失落的詩句。向晚的風，那麼輕盈，拂過我靜謐的想望。中年內斂的情感，在仲夏疲憊的午後，有的是不著痕跡的哀愁。

　　2019，香港反送中遊行燃燒數月、2020香港警民衝突騷亂，政治權力鬥爭，出生於香港的榮超心有戚戚焉地寫了一系列〈今夜，磚頭與激進齊飛〉〈風波〉〈一群玻璃〉〈紫色風暴〉〈和平訴求〉。

　　〈和平訴求〉

　　我們和平的將玻璃外牆爆裂
　　　和平的用鐵條撬開卷門
　　　和平的撞開會議廳大門
　　　再和平的拆除大樓牆身佈置

和平的用鐵錘擊碎投影機，砸碎玻璃幕牆

和平的於會議廳內四處噴漆

和平的塗鴉區徽

和平的掛上龍獅旗

和平的破壞升降機大堂的設備

和平的帶走閉路電視畫面的硬碟

你們卻暴力譴責和平

光明的盡頭原是黑暗

而潰瘍持續壞死

　　整首詩平鋪直述，卻成功的把「和平訴求」的視覺畫面帶到讀者面前，如果沒有第一段和第二段略帶有批判的最後一句，可能更好。

　　去年新冠肺炎病毒肆虐全球，馬尼拉一再封城至今一年多，恐懼無助焦慮不安，是全人類沉重的心情，他寫了一系列疫情詩。

　　〈二月，有點疼痛〉〈最近非常病毒〉〈美麗持續枯萎〉〈從未如此口罩過〉。每一首詩都很貼切的形容我們當下的心境，他用簡單的文字，清晰的意象，矛盾反諷的語法寫〈從未如此口罩過〉，堅持愛是唯一的救贖。

隔著一層陌生／我不能傷你的傷風／你也拒絕病我的病毒／薄薄的布／柔情得似曾握過的小手／／而整顆頭像／只剩下兩個微弱的訊號／仍堅持愛的不懈／是唯一救贖

在這一兩年的疫情籠罩下，榮超沒有停頓下來。詩，是他的生活和救贖。

在這些不踏實的日子裡他把將出版的這本書分成七輯，〈我們相遇在一首未完結的詩中〉、〈奶與茶的一次偶然〉、〈惦記青春〉、〈今夜，磚頭與激進齊飛〉、〈沒有魚鰓的日子〉、〈寂寞天空〉到〈二月，有點疼痛〉。每一首詩的命題都引人遐想，可以單獨成詩。

文如其人，詩如其人；讀其詩，知其人；無論是抒情或敘事，文字可能更真實的祖露了榮超的感性和浪漫，一點也不像他拘泥於傳統的外在。在一首首詩中，他已經自由地解除了個性上的束縛，浪漫的飛翔在現實與神話的蒼穹。

獨上高樓，望斷天涯路。衣帶漸寬終不悔是詩人一輩子的執著。願朝「詩」暮想的榮超繼續幸福的在詩的領域快樂前航，在平凡的日子帶給我們無限的驚喜。

（2021年5月22日）

心楓──本名王瑞瓊，字熙熙。八十年代活躍於菲華文壇，緝熙雅集、辛墾文藝社成員。出生於香港，成長於菲律賓，婚後定居台北。室內設計師，現職家庭煮婦，愛美，嘗美食，遊山玩水，沉迷於文字。

目次

第一輯　奶與茶的一次偶然

第二輯　惦記青春

第三輯　今夜，磚頭與激進齊飛

第四輯　沒有魚鰓的日子

第五輯　寂寞天空

第六輯　二月，有點疼痛

西邊艷麗已黯然消沉
連夕陽也擺出倦怠的姿勢

而我，茫茫蕩蕩
始終找不到歸家的路

第零輯

我們相遇在
一首未完結的詩中

後記

叢林裡
一抹心靈的探索
不曾喧嘩
甚至映照大地

倨傲的信仰
堅持在光的間隙
暗影裡
獨行

謝謝美。善良和愛

喝一個人的咖啡

除了心情
什麼都忘記了攜帶
喧鬧的冷
從四邊虎視眈眈
沒有人能說得清楚
它的敵意

這一帶除了上班族和學生
還住著許許多多的不如意
貧困經常叩門
都被守衛阻擋
不加糖的咖啡
一杯或者兩杯同樣煽情
不加憐憫
一個人或者兩個人喝
同樣有淚

半截陽光斜照在

多褶痕的玻璃門上

溫度和時光始終被拒收

陪伴我寒暄的

那陣風

有呈現衰敗的態勢

在牙齒痛哭的時候
──關於心宇[1]

那是一個為非作歹的日子
所有正義都顫抖了一下
在險惡角落
有數顆牙齒無力抗拒著
卻掙不脫
真實的打擊

天使善良的翅膀
依然和我們在一起
當牙齒忍不住痛哭
才看到
歲月對罪惡的無感

小詩二首

（一）風濕

紅腫的日子裡
嘮叨已是常態
從脊椎間盤的
第三節骨骼算起
歲月和風雨
這筆舊帳
依然一往情深

（二）流言

風的耳語
不需土壤
它自然成長
並且穿上是非的
翅膀
跨越時間
四處　　張揚

非主流愛情播放列表

（1）更新狀態
　　　持續挽救失落37度角
　　　一截不能平衡的無知

（2）將覆蓋臉上的偏差挪開
　　　反覆覬覦命運密碼
　　　通關只需壓低喧嘩半個分貝
　　　並維持著彼此代禱的姿態

（3）在遺失知覺之前
　　　趕緊收藏快樂和臉紅

運勢

由於火象星座影響，今天
我對生命情節的
感悟幅度提昇
信仰和溫柔被瞬間剝離

預報心情

一股雷暴積壓體內多時
預計於今晚稍後時分
進入乾涸的精神領域
脾氣和淚水
相對快樂指數百分之五十六

蟬

吵醒整季的夏天
知了知了
隨手開窗
把抗爭悉數摘下

還藍天綠地
一片純淨

五十肩

知天命和

知慢性無菌炎症

基本上是兩回事

介於四十九和五十一之間

似乎又是乏理之說

無從考證

痛，未嘗不是一種

自由基反應

狂傲的由來與

和善的本質恰似兩條

抗氧化影子

時刻伴隨身旁交織糾結

有時謙有時讓

有時浮躁有時驕縱

罪魁從肩至膀一路遊走於

山水城牆內外

沿居庸關至嘉峪關周圍

肌腱和關節囊軟組織

結構，由衷改變起

關關險阻

今夜無論是否願意

一旦失守

只能輕輕舒展正義的風骨

為它禱告

據說誘因是昨晚的

無常風雨

人生和時光

產生慢性致傷力

當然，也包括情節失控和

順勢上下的脾性冷淡

解放之道

不外乎局部痛點封閉

還有百戰死的將軍

和十年歸的壯士

從他們胸懷裡得知

溫婉之必要

柔順之必要

讀史

翻到第三百七十九頁
宋朝，繁體的

元朝，一个踉蹌
沒有推搡或者沮喪

四百廿二頁
已是處於低落狀態又
失調欠補的明朝

歷史的行囊
滿載冷澀記憶
縫隙裡忽地
掉落一個韻腳
和半截無辜

洗不清歲月遺下的餘滓
撕裂聲持續穿透
最終頁
讓現實一路的
痛下去

淋澡
——題陳琳油畫母愛

在記憶的街角

偶爾

會碰到童年

那年夏季

嘴角盈笑的母親

盛一瓢滿滿的

愛

往我身軀淋下

沁涼的感覺

至今

仍在進行中

我們相遇在一首未完結的詩中
——懷念詩人雲鶴

在時間的角落
你帶著情懷從未來飄然而至
推開陽光和雲彩
走進一首未完結的詩中

斷句轉折裡
我們互道衷情
意與象跳躍在彼此心中
你樸實而精緻的話語
穿透現實
讓我細心品嚼
溫柔的滋味

隱喻的思念很長很長
象徵的歲月卻又太短
風雨兼程著呼喚

為空虛而華麗的心情
添加標籤

當我仍在研讀日子的張力
你已佇立在超現實的方位
向往事揮手。微笑

人生這首後現代
依然明朗而晦澀著

曇花

星光選擇夜空
露水選擇綠葉
而你卻選擇消逝
在一瞬間的柔情
之後

吹拂的暗香
時刻
在我腦海的小舟
飄蕩

無題

沉重的步伐

踩痛烈日

仍需努力撐持著

崩壞人性

遺留下來的

快感

一條冷血的鐵鏈

將生活

緊緊綑綁

螢火蟲

偽裝成為星星
在夜空中
發放光芒

一隻隻謊言
飄來飄去

詩人

天邊的一顆寂寞
遊走於現實與神話的
軌道
星光微弱
卻堅持
守候人間的破碎

鳥的困擾

天上浮雲早已
習慣恐懼
因為無知

無知
讓飄盪著的盡是
灰濛濛的蒼白
和病懨懨的記憶
西邊豔麗已黯然消沉
連夕陽也擺出倦怠的姿勢

而我，茫茫蕩蕩
始終找不到歸家的路

遊子

月，靜掛夜空
一只鴉或者數只鴉
對它啼叫著
綿延不絕

它是鴉的食糧

盆栽仙人掌
——記千島傳奇

即使沒有飄飄仙氣
優遊於後現代

巴掌大的激情
仍以頑強身姿
在火吻中
培植
　　柔情

行人擦肩在喧囂的車陣裡
影子不斷追逐
繁華未曾落盡的夢
傳奇中的季節
還有那座憂慮的都市

第一輯

奶與茶的一次偶然

說好不哭

說好不哭
分手的路上
看著你孤單背影
在分岔路口難過的樣子
如欲墜的淚
徘徊在滴與不滴之間
假裝冷漠

說好不哭
說好不裝飾你的心情
在意過後
夢開始冷靜下來
沉澱
是我唯一想念

說好不哭
相思被碾壓的夜晚

疼痛習慣了
在人群裡囚禁自己
微笑。放手
連挽留也是一種奢侈

說好不哭
讓時間慢慢走

豆花的無奈

城鐵站裡
我被潑灑在你
盡職責的製服上
一場族群風波
因無知的溫柔
而種下禍端

失控的手
在無視法規思維下
企圖為躁動和
爆裂的宇宙解說　　關於
引力還有行為黑洞
甚至脫離軌道等等一切
似乎都是杠然

狼群正露出
整排雪白的利刃

準備掀起

歲月遺忘的痛楚

矛盾　　衝擊著易碎的星

而我，只是一杯備受

牽連和爭議的豆花

每天驚悚

的心情

又有多少人能

讀懂

戰地孤兒

在亞布匪幫摧毀下
安置點裡無辜的黑板
被鑿穿成一個厄運

惶恐的黑色
突然生長出兩隻
眼睛
四處尋找著
炮彈聲遺留下來的
親情

法外殺戮[1]

（定義一）

一個杯子
忽然間被摔壞了

沒有經過
公正的裁決
它被標籤為一個
極度頹廢
且扭曲構建的
杯子

血和正義流了一地

---

[1] 警方在查緝毒販時誤殺一個三歲女童，反對派攻擊及批評掃毒戰爭不過是
一場「法外殺戮」。

（定義二）

突然被捧壞的杯子
大家心中明白

正義戴著司法的面具
四處招搖

毒癮和喪盡天良
流了一地

（定義三）

杯子被捧壞了
沒有人知道原因

恐慌流了一地

白髮

所有秋
都已枯萎
只剩幾張暮色
掛在蒼茫的天涯

遠方忽然傳來
你的近況
一團憂慮
埋伏在歲月裡
飄雪

分手

臨別的時候
我們都不說話
推開感情像推開門
你帶走一室笑語
卻把往事留下

美麗一旦破裂
愛情便不知所措

拳擊賽

一場人體的爆裂
在撞擊與生俱來的
靈敏度邊緣
擦出火花
超越生和死的極限

當撕裂將鐘聲剪斷
所有信仰便瞬間被K.O.

落日

黃昏接近天涯

一顆浪漫訴說著驚喜

天地線下隱藏

誰的愛意

紅紅嬌羞紅紅笑臉

美的盡頭

有一句嘆息

奶與茶的一次偶然

驚豔始於感受
而非顏值
歷經幾代
磨合
終須有一次
非理性的碰撞

從此改革了孤單深層次的定義

或者，您仍在
——懷念惠秀老師

在仲夏疲憊的午後
走過一些回憶
一些不曾丟失的往事
我帶著詩的原稿
那是我們無法遺忘的
和您殷殷絮絮的情懷
走在陽光悠閒的路上

行人擦肩在喧囂的車陣裡
影子不斷追逐
繁華未曾落盡的夢
傳奇中的季節
還有那座憂慮的都市

曾經，我用落寞寫詩
時間以溫柔和善變待我

而此際，您在不遠的未知
我的思念彷如一截失落的詩句
飄忽在茫然人間

向晚軟柔的風
那麼輕盈
拂過我靜謐的想望
或者，您仍在
在仲夏疲憊的午後

悼南山鶴

那夜，燈光如熾
我們用感情對飲
一如既往
你細細絮絮的述說著
半生心情還有
凋謝的舊事

歲月在匆促間流去
乾掉杯中
最後一滴時光
我們沒有道別也不曾
握手
悠然已成昨日
不見南山
也不見你微醺的承諾

漠然人間，卻見
天涯的鶴
仍堅持對繆斯的信仰
和溫柔不捨

廣州三題

（一）小蠻腰[1]

六百米的高度
俯視整夜珠江、花城和
海心
一種輕盈嬌弱
如飛燕的
曼妙　　不可言說

風月淡淡人生
此處不相逢
相逢總是隨半截緣由
繁華會有太多離別
回眸的眼波中
誰　　忍捨得了
短暫

---

[1]　廣州電視塔昵稱〈小蠻腰〉，中國第一高塔。

（二）中山紀念堂

昨日的風雲
霎時在眼前起伏跌宕
變革的箭
從清末射到現實
射穿回憶

一如既往初心不減
堅韌的信念支持了
整個時代
肅穆銅像前
代表了不朽節氣和
孤獨的溫柔

回望歷史
重播的激情和不捨

持續昇級

繁盛皇朝如落葉一般

凋敝

（三）黃埔軍校舊址紀念館

戰略重地呼嘯了

半壁河山

多少才華和勇氣從這裡

孕育繁衍

所謂英雄由什麼人

什麼情　　詮釋素描

從這裡到那裡

也不過是方寸的感情

一身正義隨著歲月

化為不朽的

飄零

往事如塵　　　飛揚

只留下激昂

慰藉不慰藉

憑誰一片丹心

至於那顆赤膽

就任人訴說吧

圓明新園

烈焰熊熊燃燒
燒不掉心中的皇朝衰落
穿上權貴就是帝冑
火光中誰人肯記取教訓
勤政親賢已不再是
一句口號

複製歲月歷史
任人憑吊逝去的威風
虎首牛首失落感受
還有龍蛇的恥辱
原來是這樣子的嗎
一把怒火
如何熄滅尊嚴和帝制
往事如塵埃
撲面而來
抒發未了的日子

珠海漁女

等待便是妳此生的盟誓

歲月忽然間已老
妳仍執著於
　　　　一段蔓延
故事或者經歷
都已湮沒於海洋
每天濤聲依舊
守候也如初

將捕捉夢境的傳奇
寫在固執裡

關於淒美

午後

冲一杯黑咖啡
細細品嘗生活的滋味

貓咪仍躺在陰暗角落
被睡意追逐

而陽光伸了一下懶腰
繼續未完的心事

一陣車笛聲
忽然驚醒
困倦的午後

風波
——記一場瀕臨崩潰的衝突

五十萬二百萬三十萬
群眾路線的指向
竟然迷失在十字路口

我們用眼睛追求
你們卻用耳朵尋覓
兩條不可能親吻的
線性規劃
在瀕臨崩潰的喧鬧聲中
愈走愈遠

理智在這一刻
掉落黑色的泥沼
腦幹細胞已不能思考
用胳膊甚或關節
也能悟出的小小真相
竟需動用無數

臉面披血的羊群來拯救

一捆垂死的法紀

還有天外飛來的磚頭

鐵馬與胡椒噴霧

怒目對峙

據失控的血流哭訴

是在不察覺中

淌下來的

秋風尚在不遠的後方

拖著殘軀喘氣

落葉卻在前面

舞弄大刀

群眾被催眠

溫柔被催眠

連民意也在昏迷中

一場姿態曖昧的宣洩
遺下滿地的垃圾和
怨憤
仍在路邊苦苦掙扎
至於良知
卻遍尋不著

一群玻璃

撞我踢我
甚至瘋狂的用鐵條和籠車
將我肢解
在一個平常得有點反常的日子裡

黑暗已不足解構
此刻的心情
而我，只能靜靜忍受
激進的暴力
踏著殘缺走入歷史

爆裂的我
睜睜看著
法制
一路爆裂下去

從天際到人間
是遠了點
現實卻愈來愈近
就像剛絢麗便要
凋謝的年華

第
輯

惦記青春

小詩一束

（一）背影

踟著無數的思念
遠去
留下半截離愁
任由時光咀嚼

（二）流淚

關不住的感情
在悲或喜的盡頭
選擇
放縱

（三）下雨

天空將憐憫
悉數拋落人間
稀釋
受傷的心情

（四）月光

柔情的雙手
跨越平台
撫慰多少離別的
傷痕

（五）雲端

剪下風的姿勢
複製成一抹嫣然
偷偷貼在雲的
臉上

（六）熱情

陽光煮沸一壺
春天
明媚的情節
將溫暖蔓延

感冒

一顆行星運轉中分裂
痛，絕不是情感的依歸
四肢忽然傳來一陣酸楚
未知是年久失修還是
外敵來襲
流涕　噴嚏和浮躁已
漸漸成為一件好習慣
斷斷續續侵蝕著絕版
軀殼

浩瀚夜空中閃爍不停
寒星劇烈
咳出一嘴併發病毒
還有昨天滿山的
道德規範四季風寒
讓黏膜細胞回歸幸福

唯一戰略變更
就是不間斷的憩息和
持續溫柔

腦袋

小小空間卻裝下
無盡止的彎曲
情節

堆疊心事
綑綁在鼓噪歲月裡
從來不曾失序
或者滿溢

直到有一天
阿茲海默症冒昧來訪
替往事做
冰冷的篩選
記憶才頹然跌坐

童真，忽然在窗外探頭

遊子衣
——題陳琳油畫遊子衣

輕撫身上衣

焦黃燈光下

佝僂的風景已

逐漸遙遠

清晰的是縫紉機

溫柔的

噪音

那是老母親

用淚珠編織的

聲聲　　叮嚀

想哭[1]

飢渴自眼眶反覆蔓延

誰能穿透靈魂

探索情真

當淚水掛在

陣陣殺戮聲中

美麗只有持續崩壞

.

---

[1]　「想哭」一種電腦勒索病毒。

流星雨

迷失於星際的
一組塵埃
在四月的天琴座
集體起舞

雨最是浮誇
替天空製造
瞬間激情
竟撒下整條軌道的
謊言

煙花

遺失了陽光泥土和
關愛
一朵朵花　　依然
憑空盛開
綻放七彩春天

從天際到人間
是遠了點
現實卻愈來愈近
就像剛絢麗便要
凋謝的年華

那朵薄命的女子

化裝

天然的繪本
非轉基因

某個晚上
我脫下一臉的
疲憊　　然後
將笑顏塗抹在
面龐上
赴約

牆

一堵罪惡之牆
阻隔真相
留下誘惑的空隙

牆外
理想是一朵帶刺的鮮花
誰能超越時間
追尋信仰
牆內
現實訴說著逾期謊言
承諾背後
一堆崩壞的人性
持續發酵

惦記青春

夜放縱
情感偏頗
一束狂熱解剖時光
春天欲言又止

花叢間
無數的蝴蝶
遺失了翅膀
而我們遺失了
年輕和信仰

飛蚊症

（一）

沒有翅膀的飛翔
不管如何晃動
就是逃不開
逐漸老去的視野

一抹擦不掉的
煩憂

（二）

隨手捻熄夜空中
那顆喧囂的星
剩下不滅的
陰影
依然在心頭
飄蕩

城市足印

不小心　　遇見
這座城市
羸弱的軀殼

無數隻
失落的足印
競相逃離
剩下一堆影子
繼續沉溺
崩毀年代
風　　不安份的呼叫
雨水打濕夢想

厚顏且無知的
競選標貼
沿街叫賣著一種

奇蹟的
清白

而時光街尾
乏人問津的垃圾桶
依舊裝滿幾代人的
無名腫毒

銅像
——記慰安婦的心事

天空無端哭泣

淚水卻自史冊裡

滑落

晶瑩無瑕

依然洗不清

七十年前的欺凌和屈辱

樹上飛鳥

只會躲在現實背後

扼殺真相

誰人高雅誰人污穢

遮蓋的雙眼

最為清晰

而眾人閃動的眸子

聽見時間的

浮沉和嘆息嗎？

歷史

尚欠尊嚴一聲

對不起

當思念被歲月阻隔
——海外菲傭的心聲

親愛的
為何剛分離
就已盼望相聚

誰人願意背井離鄉
奔向未知
當淚水拋棄眼眶
遠方的家人
才是我原來的牽掛

為了糊口
只能將自己站成一株
卑微的小草
任人宰割、踐踏
也要握緊明天
把延伸的歲月
握成相思

茶葉。蛋

幾度交錯
在各自天空展現精彩

一堆裂痕與孤寂
靜靜躺在歲月裡
等待情感入味時發酵

相識
只為了一鍋承諾

隱祕谷
——記hidden valley之旅

隱祕之後還有隱祕

踏著一路陽光
我們虛擬夢想
選擇喧嘩

竹橋鋪墊漫長的邀約
讓腳印追逐柔情

浸泡一泉溫暖
水珠在眾人的臉龐
宣示美麗

群山背後的祕密
只有瀑布知道
而歲月心中的隱匿
卻從未曝光

榘楫擊碎水中月色
把一片片鄉愁埋葬
懷抱綿綿的孤寂
逆流而上

今夜，
磚頭與激進齊飛

今夜，磚頭與激進齊飛
——記旺角二八騷亂

當歡慶的味道仍在天空
躊躇著
重感冒的鼻子便已嗅出
擾攘　橫空跳躍
強勢的季候風無力
改變初衷
令一股本土學說吹到
繁華一角

今夜，七彩的煙花瞬間
黯然
磚頭、盾牌、胡椒噴霧和
瘋狂　才是當然的主角
什麼叫做公權、民主
隨著火花四濺
天空一朵朵灰色流雲
無知的搖頭

激進仍然四處竄動

今夜，良知與溫柔已被

迫到死角

剩下滿目瘡痍的理性

自遠而近　由內到外

都偷偷地躲在一旁

不停抽搐

晾衣

把串串辛酸的淚水
擰乾
脊影
已愈來愈佝僂

濕漉漉歲月裡
驟然看見
母親不斷將愛
掛在我們的
晾衣架上

拔牙

摘掉夜空中
那顆黯然的星

不見蔽月的光芒
映照孤寂
黑洞裡全是淚水的錯

落下的隕石已終止枯萎
遺憾卻不知多少

苔蘚

（一）

你可以解讀為
歲月風雨　或者
懸崖峭壁的綠巨人
而我
不過是黏附著人間
一塊小小的
寂寞
終年追趕著春日

（二）

追趕著春日
不起眼的天井　或者
牆角邊
一束冷濕的
顫抖

傷

經不起碎裂日子的觸動
一枚甜蜜炮彈
在失落星體中
輕輕炸開
就那麼一下牽扯
唉
囂張的愛情

落葉

（一）

急急變裝
且自甘墮
　　　　　落
為了趕赴
一場
秋的約會

（二）

總是努力
以最美的姿態
飄下

墜地的瞬間
誰能理解
泥土心中的
苦惱

（三）

倔強的老樹

抖落

一身累贅

為秋天

表演一場好戲

（四）

不過是

服裝轉換的現象

至於

歸根不歸根

那是風和雨的事

與我無關

皺紋

一條條波浪起伏的沙丘

坐落在上下眼瞼

前額下頦耳前區

離家鄉的路途有點遙遠

導致自由基因突變

前途難測

歲月與細胞異常

加上憂慮的膠原蛋白

強行複製孤單

排放了大數量

情緒　低落莫名

非典型成熟和衰老過程

唯有隨心情還有

風霜喜惡

而折裂萎縮

離情十四行

日子忽然激情起來

在那個崩壞的年代

感傷的背影

控訴你

不告而別

淚珠

將彼此思念

濺濕　在一個

迷情的

午夜

剩下孤單的唇印

佇留在我孤單的領口

繼續纏綿

嘆息

牆上的肖像

從某年開始
父親便不再衰老
荒蕪的鏡框
依然溫熱
額角折疊堅忍的
線條
刻劃著半世紀的
歷史辛酸
一條是家園的羊腸
一條是跌宕生命
彷彿都在訴說著他人的
顫抖情事
（漫漫路遠　烽煙瀰天
扭曲了夢想　撥亂節奏
日子愈是張皇）

從某年開始

對著發霉的

牆壁四周

父親便不發一語

看透冷暖的雙眸

炯炯

堅持將人間的情義

還給社會

將星光還給

天空

多情白髮

從憂傷到未來

最是那一抹淺笑

凝神　低首

（槳楫擊碎水中月色

把一片片鄉愁埋葬

懷抱綿綿的孤寂

逆流而上）

從某年開始

父親卻找不到自己的

身影

太陽幽暗

袖裡藏不住

晨星和春秋

一聲滾燙的嘆息

父親是

溫暖風景

洪澇

見著頹唐的歲月
人間坎坷
連上帝也止不住
哭泣

卻忘記將
大地的木塞
拔起

失控的景象
——發展商與銅像的爭鬥

立體的天空一如既往
堆積的陰影卻無端佔據
我的形象和風采
平面群眾讓我
狼狽轉身
思想越軌78度角

公園裡樹葉和小鳥
躲在遙遠的真實
竊竊私語
遊客們爭相咔嚓
縱坐標失衡的感情

站在喧嘩的點與點之間
請用溫情測量
彼此相愛的距離

並且當心

不要踩到我的

尊嚴

生活

（一）

一條
不可理喻的
繩索
將日子緊緊的
綑綁著

令人
無從喘息

（二）

被慾望團團
包圍
一群候鳥
迷失在
是非不分的
叢林裡

流淌一地的謊言
忽然爬滿選民心頭
並且成為風的方向
更貼近天堂

沒有魚鰓的日子

沒有魚鰓的日子

恆久飄泊
已成為我們的習性
在浪潮與浪潮的衝突裡
試圖度量人性的溫度和
情緒的厚度
已經沒有意思
移居總是辛酸的
拋棄海水本就無法逃避
族群與文化之間的
矛盾
一種深深植根的觀念
我們必須倚賴魚鰓
才能存活
就像
植物之於二氧化碳
人類之於物慾橫流

恆久漂泊

就是我們的宿命

茫茫海水鹹得過

日子的淚嗎

精神文明也唯美不過

一條魚餌

沒有魚鰓的日子

溫柔決裂

生活的咽喉被緊掐

在釣與被釣之際

我們只好找回

失去的自尊

魚的申訴
——致屈原

醉又如何

濁又如何

不過是一種制度的流放

濯吾纓和濯吾足

卻是處世哲學的抉擇

你為了清白自己而

濁了我們的家

清風明月默默

看著

汨羅江畔委屈的石頭

無辜被犧牲了

環保意識才能抬頭仰望星空

我們已經不再計較污染的問題

卻要蒙上噬你不染塵埃影子的

不白之冤

也罷

你的血管裡早已被固執的
清廉和正義所填滿
理想和離騷互相對望
唯一傳奇就是當你拒絕妥協時
一個偉大的詩人破繭而出
只是苦了大家
每年都得被喧嘩折騰

拔河

拔掉了那條河
兩岸便匆匆
吻了起來
一條分割歷史
卻又傷痕纍纍的
河

魚翅羹

集體從宴席的
瓷碗裡逃離
千道鋒銳目光
奮力貫穿
挑釁的味蕾

投以歉疚的微笑
我把闖禍頭顱
偷偷藏匿
留下一臉錯愕的杯盤
艱難的呼吸著

情．斷了

（一）

漸漸發霉的

記憶中

時間碎裂

天空飄過幾朵承諾

我用思念記錄著

一束逝去的

戀情

（二）

甜言棲息在

唇邊

蜜語如風

在一對

失戀情人的空氣中

四處遊蕩

（三）

殘春未盡

哀怨涔涔落下

染紅一地

心事

（四）

挖深情的

坑

埋葬一段痛楚

看它如何

發芽

如何撕裂日子

造勢

不斷的堆砌

堆砌

再堆砌

直至滿溢

流淌一地的謊言

忽然爬滿選民心頭

並且成為風的方向

更貼近天堂

揚帆

風再起
一朵朵年輕的帆
敲打
燙傷時間的後現代
持續開滿千島

穿梭在繆斯的
浪潮間
爭相奔放

感情線

一條崎嶇善變的路
有時執著於
橫向延伸至九點一刻的
方向
有時卻把浪漫遺留路邊
糾纏著愛戀

割不斷的凌亂

繁花之外仍是繁花
一隻迷途的
理性思維

隕落

——悼乾爹林忠民先生

窗外
夕陽一聲驚呼
慢慢跌落時間之外
幾朵疲憊的流雲
飄蕩於慘淡天空

您仰臥在
情深無垠的天際
垂釣著一顆隕星
暗淡而明亮
沉默而耀眼

炸裂
散發無愧色的光茫
成就無盡藏的碎片
一顆
延伸著歲月和歷史
不墮的星

斷章六句

有人測試生命的溫度
有人撿拾人間歲月
在那個不確切的年代
日子開始沉淪
冷雨被燈光折斷
風不停變奏

失眠

月光
委屈的溜進屋中
今夜
又要找尋睡眠
我那個丟失已久的舊愛

相思
無情的拍打著地板

而夢
是唯一奢華物
滿腹的心事買不起

一種信念

相思是
天邊的一隻孤雁
拍打著信念的翅膀
飛向雲端

彷彿聽到綠葉上
露珠滾動的聲音
和春風醉人的舞步

一顆悸動的心
迎著旭日

情緣升起

淚光氾濫
從雪白至淡紅
那麼坦蕩恬然

一朵柔美的潔淨
啃食未來

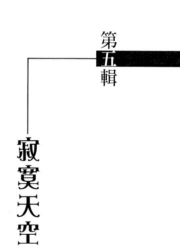

第五輯

寂寞天空

寂寞天空

當耀目的光芒
從天空裡逐漸隱蔽
暗黑中
那顆寂寞的星
堅持把溫情
留給人間

在那個遙遠而功利的年代
始終照亮抑揚頓挫的路
星，寡言
因普通而神聖
因美麗而恆久

進化紀實

一個
吃著　私相授受
的香蕉
致力研究　關節
與資本社會之間
利益關係的
文明猴子

和

一隻
打著　超現實
領結　徘徊在
存在主義與清淨無為
邊緣　歡喜掙扎的
落伍人類

眉來眼去

頭髮

打破三千丈的
迷思
深邃而幽黑
以瀑布之姿
一
    瀉
        千
           里
柔順於回眸的剎那
將半束煩惱　　繫於無名
或是心間
削去紅塵
固執在淨與不淨
出世與入世的源頭
植根虛幻

半束飄逸

渺茫

無我

短跑

三千磅彈藥之姿
以美人吹彈即破的
歷史容顏
緊繃在不能逾越的邊界

時間點燃引子
整顆星球瞬間
牽動

屏息
一種最原始的
爆發
等待溫柔
衝擊

拔河之二

拔來拔去
拔去拔來
岸的兩端已見白頭
河
卻依舊沒變

雙方緊緊揪著的
只是一根
記憶

吻

經過N類接觸之後
仍無法確定是開始
或者結束
浪漫你的心靈
或者情色我的軀殼
叛逆的肢體糾纏著
彼此的維納斯
將感情不斷提昇
直至忘卻
一束空氣的存在

甜蜜的哭泣和
苦澀的笑容
在這一刻
都得停格

跳水

蹣躅的蝴蝶
翻轉空間
360
帶著青春弧度
一種激情過後的
美

不見花瓣的漣漪
瞬間
掀起千層
夢

傷口

一條心弦的顫動
在痛苦與快樂之間
尋找平衡點
貓　　無止境

劃破天地線
一隻夜
在時間屋脊
舔著　　已然發霉的
昨日

執著

歲月將時光拉成長長的路
影子拖著疲憊的醉意歸家
面對滿腔愁緒的斗室
我脫下傳統　和
神經衰弱
與牆壁進行一場
論戰

激烈炮火中
數隻蟑螂寧願殉道
而天花板上
兩條四十瓦特的脆弱
依舊隨風搖擺

轉角那架電風扇
卻依呀依呀
拚命搖頭

蒼茫

年齡已迫近冬天
兩片失神的黃葉
不小心自髮端悄悄
滑落

沒有泥土的日子
歲月譜寫飄泊
蕭索只為枯萎嗟嘆
誰又理解禿枝的無奈

幾段糾結的思念
或近或遠
仍盤根於風中
臉上
情意未醒
秋　意　漸　濃

唇

以絕對的
紅
挑動我原始的
情慾
咬下一口咒語
所有罪惡便開始
甦醒

風雨輕佻的鞭撻著
大地
任一樹嬌羞的綠意
如情淚般　落下
只有一葉
飄向蠢蠢欲動的
原罪
醉人的一吻

以烈焰炙痛我
冷冰的靈魂

兩片蕩漾的豔紅色
春天

眸

深不見底的
古井
一泓幽怨
射出
擊　殺　日　子

汲水的春夢
縱然盛滿了一江淚
卻載不動小小誓約

水

一頭蜷縮著
不會叫春的
雌貓
靜靜溫順
日子

一顆安份
不會叫春的
單細胞
靜靜守望
分裂

探出前爪
在沒有任何
預警下
不會叫春的
顛覆柔情

是非

愈滾
愈大
終於將
普世價值
一
　一
　　撞
　　翻

意識形態闖的禍

中國結[1]

東方的一條巨龍

糾纏著我和你的

親情百結

應是故鄉又似異域的一刻

已不是王彬街[2]的馬蹄達達

一種紅的顏色

流入長江黃河

最終流入我的血管

編織出一個

既複雜又簡單的

心結

一邊是壯觀河山

一邊是柔情美麗

---

[1]　在廈門大學外的商鋪裡，見到一系列豔紅精緻的中國結，感觸誌詩。
[2]　王彬街，菲律賓馬尼拉的華人區。

巴黎春天

飛越巴黎的春天
把街道踏成匆匆
就怕我的來遲
害大夥被時間遺忘
幾個春天　　　又
幾個秋天
蒼老，無情的招手
笑我痴盼
你們的姍姍

無意把閒情煮成
熱鍋上的螞蟻
當蒼涼爬上鬢角
才驚詫
巴黎已是冬天

當暴力碰上藍儂

民主的牆垣[1]
忽然開出血色花朵
風格塗抹
已流膿直至壞死
除了激烈的紅
就只殘留大灘傷悲

神奇終於離開腐朽
用力詛咒
並逐漸忘掉
一個呼吸中的自己

---

[1] 藍儂牆，位於布拉格修道院，捷克語：Lennonova，取自約翰藍儂（John Lennon），在牆上塗鴉，誕生時期為1980年代。在當代，藍儂牆已成為青年表達抗爭的一個象徵。

和平訴求

我們和平的將玻璃外牆爆裂
　　和平的用鐵條撬開捲閘
　　和平的撞開會議廳大門
　再和平的拆除大樓牆身佈置
　　和平的用鐵錘擊碎投影機，砸碎玻璃幕牆
　　和平的於會議廳內四處噴漆
　　和平的塗鴉區徽
　　和平的掛上龍獅旗
　　和平的破壞升降機大堂的設備
最後和平的帶走閉路電視畫面的硬碟
你們卻暴力譴責和平

光明的盡頭原是黑暗
而潰瘍持續壞死

紫色風暴

黃色紅色藍色或者白色

當天空堅決下雨

滿城的黑色彷如一團鬼魅

籠罩十八區

清熱涼血抑菌抗毒

你豔麗的外觀已遭質疑

公權和良知只能急急退場

今天破壞衝擊明天暴力佔據

火光熊熊磚頭橫飛

正義一片狼藉

然後催淚彈、橡膠子彈、胡椒球彈

亂放一通

然後讓暴民將警權凌遲

太平山下太平公然大亂

而獅子山精神萎靡成一場風暴

然後被補然後放生

然後繼續罪行繼續廢青

追逐暴亂和煽動撕裂的遊戲

令溫柔徹底崩潰

理性已無退路

雙方都只輸不贏

納稅人埋單的水炮車

只能軟弱清洗

滿地遺棄的法治殘軀

至於向天鳴槍不過是討回

早被侵蝕的顏面

美麗的紫色

除了謙遜的睥睨著

襲警、傷人、縱火、堵路及癱瘓機場

之外

風眼中

心情持續冷漠

變種蓮花

切割感受
熱度煎熬著
荒涼的夜

淚光氾濫
從雪白至淡紅
那麼坦蕩恬然

一朵柔美的潔淨
啃食未來

幕謝
遠方才剛開始
不必站成一季的秋
聆聽落葉凋零

第六輯

二月，有點疼痛

從未如此口罩過

每一刻總要記掛著
鼻子和嘴巴
不能裸露於溫暖底下
並將不明敵情拒之千萬光年

隔著一層陌生
我不能傷你的傷風
你也拒絕病我的病毒
薄薄的布
柔情得似曾握過的小手

而整顆頭像
只剩下兩個微弱的訊號
仍堅持愛的不懈
是唯一救贖

猶如天空裡

那隻失去勇敢的

風箏

日子從未如此口罩過

最近非常病毒

當恐慌成為一種習慣的時候
苦澀便無時無刻
存在於空氣中
有人趕緊N—95
有人隔離了世界
除了那個氣體交流的系統
還是呼出二氧化碳
和吸入少許缺氧的正能量

現在只能宅男宅女一下
這隻惡夢
卻四處攻陷不設防的
無知

當COVID—19侵蝕你我的思維時
感動是唯一特效藥
並且免費試用

而地球依然美麗
只是很肺炎

二月，有點疼痛

當季節性的冷
因全球暖化而漸次消失時
愛，便不再昂貴
有人因為貪戀而引起禍端
有人將春風裝扮成都市麗人
馬尼拉請別哭泣
歲月捨不得為你添一絲煩憂

二月，睏了就睡吧
陽光嫵媚下的偽裝者
在視線切割的屋簷邊緣
一些穿戴口罩墨鏡的鼠群
仍舊熾熱
橫行傷透了異地感情
而時間總是緘默

不痛不癢的思念
持續增長
二月，情人的簡稱
一版再版
重複穿越舊時光
猶如迷路的魚
尋找失落心情

打了個噴嚏
二月，有點離愁有點風騷
並且開始病毒

一場人類與病毒的爭分奪秒
——馬尼拉封城後三日

無影　　無色　　甚至無
感受思想行為意識
來去自如在我們的四周遊竄
一架隱形戰機
在雷達儀表上失去蹤跡
目標精確卻
走出了戰鬥的範圍

時間剩下一片空白
分開的空氣感覺稀薄
咳嗽與咽喉的關係
呈現完美配置
呼是放棄吸是接收
一再的檢測和爭議
放大焦慮於顯示螢幕之下
更新的肺部
只能在陽性和陰性之間

不斷被病毒　　甚至
持續感染

爭分秒　　為各自山頭
鯨吞蠶食
不見敵影的風暴
在感受到最後一線曙光
漸漸消失之際，唯有
封閉第三維度空間與本尊隔離
趕先在夜幕降臨時
為這座充滿渴望的都市
升級免疫系統的最新版本

生與死不過是一點五米的間隔
請不要著急跨越
也不必說再見
在這爭鬥的一刻

堅決留守
並且戰勝

存在

當遮蓋成為一種時尚

今年時尚
將談吐和個性緊緊圍繞
流行封閉唾沫
讓一腔熱情倒流

渲染過敏原的鼻子
不管挺直或坍塌
呼和吸都只能一廂情願
在小小的密集型空間
表演
恐懼症候群

當遮蓋已成魅力
甚至能量
時刻炫耀下
誰願脫下常態

讓美麗的弧形線條
裸裎於空氣中

並添加歇斯底里的
資源和樂趣

美麗持續枯萎

今天，在美麗的七千個島嶼上
有七千隻惡魔之手
圍繞著涼了半截的風景

風景這邊不好
口罩依然在下巴邊緣蹓躂
裝飾那片荒涼的草原
面罩表演時尚魅力
斜掛在向晚夕照裡
既是柔情的晦澀
一切卻是虛無
玩樂與遊戲

而急症室內
陰性和陽性的角力
此消彼長

一隻腳已在陰間踏馬
一隻卻在陽間奮力拼搏
夜空中星光黯然
溫暖逐漸遙遠

為了熄滅一點九的詫異傳奇
我們在嚴格、一般甚至
寬鬆、修正之間徘徊復徘徊
氧氣筒的氣體
隨著時光正慢慢流失

在美麗的七千個島嶼上
魔鬼的手持續延伸
攫取善良
剩下夢和堅持
仍然爭分奪秒的把守著
這片潔白

後記：半個多月來，菲律賓確診人數持續暴漲，新冠變種
　　　病例增加。21年3月19日下午4時菲律賓衛生部公佈
　　　數據顯示，菲國日增新冠確診人數突破7000，達到
　　　7103例。

三月，演繹呼吸

城市的臉譜在變異係數裡

開始扭曲

線上線下一片荒涼

隔離了整個春天

又將乏力的日子囚禁

隱晦數據背後

誰能解讀合理的虛假

三月，有點譏諷有點揶揄

並且加速散播

城市的軀幹疲於奔命

這裡不得進入那裡鐵馬圍欄

胃黏膜被酸澀衝擊殆盡

而狡點的無形獸魔

仍對兩片蝴蝶蘭戀戀不捨

堅持為軟弱柔情

畫一團恐慌的雪白

城市的四肢已無力協調
戰士和天使相繼倒下
天堂的門檻漸近
驚懼在鼻腔唾液和空氣
之間彌漫
除了持續的噴灑濃度七五零
並咀嚼下一輪的荒謬
我們只能在等待和
病毒之間搖擺　　直至最後

三月，甚至連呼吸
也將成為一場奢侈的演繹

紹興三題

（一）魯迅故里

沒有松樹
也不見童子
冒昧來訪是有點
失態

與阿Q神交於
七十年代充斥著
激流和折磨的課本裡
虛擬和現實
都不必存在的人物

一碟茴香豆和半碗白酒
很孔乙己的故鄉

（二）女兒紅

女兒未滿十八歲
實不宜喝酒
與寂寥和醉駕無關

掩埋在後院的桂花樹下
這一刻起
便種下爸比的愛

無事踏一踏
踏實路上
苦辛甜酸的人生
陪隨著她

豐盈的溫情
點滴飄香在紅頭繩上
就算只能一瓢

（三）安昌古鎮

來自椰島的一隅
巧遇你在煙雨江南
穿過屋堂踏破平底布鞋
臭豆腐的香味
不斷為我指路

不必怒眉或俯首
輾轉歲月
已沒有孺子牛
至於眾人所指的
櫓棹
不過是生活的點綴
搖醒星空

夢境裡

險將一腳踏空

為了聆聽風的細語

探索海的消息

還有那抹斜照在

臘鴨鋪裡

香氣四溢的

春天

九月的感動
——相聚星州

燃點激情
獅城的夜空
沉浸在一片
繁盛氛圍裡

兩隻黃蝴蝶
自百年前　　翩翩
穿越
細膩而深邃的
河畔

而魚尾獅正噴出
適切的話語
關於溫情關於愛

例如繆斯
瞬間即是永恆

如果

如果三月的桃花
不再豔麗
所有春天便睡著
在詩人的臂彎
如果流水不向東
潺潺自眼眶中流動
如果夕陽不西下
悲傷是天邊的雲彩
如果不錯過幾天的花事
時光不會枯萎

無數蛺蝶仍飛舞於花叢間
尋找著詩和柔情
遺下的軌跡

（如果我們相信神話
不管有沒有誓言

一場美麗的契約和相遇

將持續延伸）

魚的煩惱

如今
水藻已找不到自己的定位
而海星的五個觸手和骨骼
終於失去能量
崩潰的系統只能嘆氣
不能呼籲
我沒心沒肺
卻有六秒半鐘的記憶

剩餘半秒懺悔和
痛　　並苦惱著
變異家園
曾經的美好

心聲

諸佛
持續嘆氣

離開寺廟游至繁華大道
木魚聲
仍舊追蹤著脆弱的耳鼓

直到有一天
將破碎心情收拾好
放入行囊內

一尾簡單的魚
繼續浮沉

列車

各位乘客
請小心歲月和
遠方之間的空隙

下一站　　鄉愁

馬容火山

（一）

爆發
為了展示心聲
近乎完美的圓錐形
描摹不出你的形態

溫婉或者躁動
不過是一線的牽引
當歲月靜止
世界便恆久停頓

這一刻
除了引爆情節
承諾終將歸零

（二）

躁動和狂野
已瀕臨絕地

爆發一肚子的現實
隨時

今夜，風景喧囂不再
——悼詩人陳默

回首
驀然見你拄著不捨
踽踽走去
深情的軌跡
如一篇未完的詩稿
聲線高亢卻難免蕭索

帷幕驟然落下
已不見你昨日的姿態
不滅的菸火點燃心底
裊裊裡
仍偏執於一段詩的往事
關於淒美還有落葉的飄零

猜想你在寂寞的街角
走過
在失落的繁花裡走過

今夜，風景因遺忘了你
而不再喧嘩
等走到記憶的盡頭
我們就用夢想撰寫心事
從此不要甦醒

稿紙

忍受

眾荷喧嘩

不管是一朵潔淨

抑或拼湊雅興

無瑕的魂

堅持寧靜

母親節

棄置於牆角一隅
母親的輪椅
早已不良於行

每當我撫摸它
佈滿慈愛的銹蝕和風霜時
便看見歲月盡頭
蒼老的童年

時光被塵蟎覆蓋
影子也已模糊
溫暖
卻從來不曾離開

想你，在雨中

想你，在雨中
在城市靜謐的午後
時間指向焦慮
戀人的背影
仍在玫瑰花瓣前徘徊
將溫柔的記憶刺痛

那年雨季
一支小雨傘折疊成
我們的情懷
細細密密的雨絲
陪伴身側嘮叨著日子的煩憂
還有一些心事一些關於
風暴的傳說

想你，在喧囂中
在濕漉漉的車聲裡

足印踏遍，一座城市的落寞
繽紛中尋覓
失落的感受和愛情
淅淅瀝瀝寫滿
不再完美的臉上
快樂開始遙遠

想此際，你在雨中
雨絲不斷纏繞歲月的思念
而我，正讀著寫壞了的詩稿
如一個失憶戀人
在對街街角微弱燈光下
調節心情
北方的雨倘若寂寞成對你的
掛牽
我就在暮春的午後
在雨中，想你

序

幕謝
遠方才剛開始
不必站成一季的秋
聆聽落葉凋零
讓每片孤單
都充滿彈性的
歡悅

詩，我不能刪剪的
個性
如拒絕妥協的影子
時刻伴隨著

附錄：朝「詩」暮想

　　每當寫一首詩時，總是希望能夠超越以前的創作，並且苦惱著如何寫一首好詩。因為我始終認為，沒有最好的詩，只有更好的詩。

　　當現代詩已經漸漸淪為「日常用品」的時候，如何寫一首起碼詩人本身認為是及格的詩，我想這是每一個創作者都該有的正面責任。

＊　＊　＊

　　寫詩需要才氣和悟性，也要加上不斷的努力和與時俱進的社會觸角。有一個時期我告訴自己，每天必須讀一首好詩，從這些傑出詩人的作品中，觀照自己，看出自己的缺點和不足。當然，必須是用「心」去研讀。

　　在質與量方面，我總希望能做到質的完善和完美。作為一個詩人，一定要對得起自己的一顆「詩心」，才不致貶低或者污蔑了「詩人」這個稱謂。

* * *

　　詩是宣洩情感的產物。然而作為一種文學的形式，創作技巧卻是必須的。

　　偏執於技巧的運用，而言之無味或者深入深出，不過是賣弄文字，徒具形式而已。著重於感情而缺少技巧，有時又會少了詩味，流於散文化。如何在兩者間取得平衡，經營好一首詩，似乎考驗著詩人的智慧和能力。

* * *

　　現代詩和古詩最大的區別是「形式自由」。菲華已故詩人平凡在他的〈現代詩、自由魂〉一文中曾有精闢的見解。簡言之，他認為新詩從古詩的束縛中被解放出來，形式上擺脫了古詩的固定框架。

　　因此有人認為現代詩的創作甚至比古詩詞更困難。因古詩詞有平仄韻律和固定字數，現代詩由於沒有一個既定的模式可供遵循、規範，而過度自由下，令人無所適從，濫竽充數的作品自然也充斥詩壇。除了時間的考驗外，如何判別一首詩的好壞？

＊　＊　＊

意境愈高，一首詩的可讀性及評價也愈高。

詩是語言轉折的藝術，有人故意寫得晦澀，有人製造玄虛。

作為現代文學中最高形式的一種載體，詩既是主觀的呈現亦是客觀的感受。在嘗試解讀一首詩的同時，感受它的溫度和呼吸脈動，還原它堅韌的生命力，便已足夠。由於各人詩觀的迥異，要求得到一致的認同和讚許，有時是不可能的。

＊　＊　＊

詩是獨上高樓，望斷天涯路；是衣帶漸寬，是人憔悴終不悔；是尋它千百度，卻在闌珊處！

自古以來詩人都是執著的。對詩的愛戀此生不渝。

語言文學類　PG2625　秀詩人88

奶與茶的一次偶然

作　　　者 / 蘇榮超
責任編輯 / 洪聖翔
圖文排版 / 蔡忠翰
封面設計 / 王嵩賀

發 行 人 / 宋政坤
法律顧問 / 毛國樑　律師
出版發行 / 秀威資訊科技股份有限公司
　　　　　114台北市內湖區瑞光路76巷65號1樓
　　　　　電話：+886-2-2796-3638　傳真：+886-2-2796-1377
　　　　　http://www.showwe.com.tw
劃撥帳號 / 19563868　戶名：秀威資訊科技股份有限公司
　　　　　讀者服務信箱：service@showwe.com.tw
展售門市 / 國家書店（松江門市）
　　　　　104台北市中山區松江路209號1樓
　　　　　電話：+886-2-2518-0207　傳真：+886-2-2518-0778
網路訂購 / 秀威網路書店：https://store.showwe.tw
　　　　　國家網路書店：https://www.govbooks.com.tw

2021年9月　BOD一版
定價：250元
版權所有　翻印必究
本書如有缺頁、破損或裝訂錯誤，請寄回更換

讀者回函卡

國家圖書館出版品預行編目

奶與茶的一次偶然 / 蘇榮超著. -- 一版. -- 臺北
市 : 秀威資訊科技股份有限公司, 2021.09
　　面；　公分. -- (語言文學類) (秀詩人 ; 88)
BOD版
ISBN 978-986-326-960-1(平裝)

868.651　　　　　　　　　110012866